KB195971

꽃이 그려진 그릇

시아현대시선 **018**

꽃이 그려진 그릇

국미나 시집

인쇄일 | 2024년 11월 10일
발행일 | 2024년 11월 15일

지은이 | 국미나
펴낸이 | 김영빈
펴낸곳 | 도서출판 시아북(詩芽Book)

출판등록 | 2018년 3월 30일
주소 | 대전광역시 동구 선화로214번길 21(3F)
전화 | (042) 254-9966
팩스 | (042) 221-3545
E-mail | siab9966@daum.net

값 12,000원

ISBN 979-11-94392-11-8(03810)

꽃이 그려진 그릇

국미나 시집

시아북
詩芽BOOK

세 번째 시집을 엮는다. 대부분 일기처럼 써둔 것들이지만 몇몇은 지면을 통해 선을 보인 것들이다.

이번 묶음은 첫 시집 발간 이후부터 보이기 시작한 길에 관한 나의 추적들이다. 첫째는 나의 '너'를 조명하는 것이고, 다음은 그런 너에 비추어지는 '나'를 삶의 한 양식으로 확인하는 일이다.

계속되고 있는 내 방랑벽의 여로 또한 연고와는 멀리 떨어져서 부르고 싶었던 노래의 일단이었기에 아직 계속된다고 생각한다. 이왕이면 새로운 길을 밟고 많은 사람을 보았으면 하는 나의 단순과 어리석음에 다름 아닐 터, 이 시들이 단상에 지나지 않는다 할 지라도 나는 노래를 계속할 작정이다.

2024년 가을

국미나

시인의 말　　005

1부
혼자 부르는 노래

2부
낙엽 한 장 섬이 되고

3부
질경이의 힘

꽃이 그려진 그릇

국미나 시집

Poems by Kook Mi Na

이질풀

성산포의 바람이 파도 한 조각 물고
용눈이 오름의 억새풀에 내려앉아 세화리 터전 마가지 지
붕에 걸렸다

집담 밭담 이끼 끼도록 살아온 터 감자 몇 알에도 우리는
가난하지 않았다
숯검댕이 찌그러진 양재기뿐인 삶에도 엄마 오빠 언니와
함께라면 잔칫날이었다

갯담 바람에도 성산 바다가 있었다
별이 은하수 속에 춤을 추던 밤 산비가 내리고 별이 하나
지더니 노루의 울음도 끊겼다

까마귀 쪽나무 열매 별처럼 빛나는 날 우리는 둥지를 떠나
다랑쉬굴 굴뚝새 되었다
이념도 사상도 모르는 백치 아다다 숨까지 끊어버렸다
돌하르방 침묵에도 한라산에 진달래 분홍빛 지고 나니
다랑쉬 이질풀이 달빛을 삼키고 있었다

간난배기 아이의 주먹손만 한 너의 이름은 이질풀이 아
니다
우리와 함께 새로운 역사를 써가는 이질꽃이다

가을이 떠나간다

슬픔을 마음에 두면
나뭇잎이 애처롭고

행복을 마음에 두면
지는 잎새도 아름답다

기쁨을 마음에 두면
하얀 첫눈이 기다려지고

아픔을 마음에 두면
떨어진 낙엽이 아프다

늦가을 마지막 잎새
두 눈에 아롱진 눈물

떠날 테니 잘 있어요
속삭인다

내 가슴 작은 울림
아! 가을아

한탄강 달이 차다

물오리 노니는 멍울에 햇살이 스민다
분단의 징검다리 건너 만날 수 있다는 오랜 만남의 기다림
검게 타버린 망부석은 묵언수행
철조망 넘어 우리들이 나누었던 가족 이야기
빨래터 웃음소리 큰 여울 속에 스미며 묵언을 깨운다

어둠 속 큰 여울 달이 잠긴 은빛 물속으로
망부석이 일어선다
나를 가두었던 어두움의 강에 달이 차다
한반도 민족 울음도 차디찬 메아리로 울린다

임진나루에 선 적군 묘지에 비목조차 베어지고
한탄강의 옛이야기는 어제의 꿈이라 이름을 바꾼다
흐르는 물에는 주인이 없다는 마음의 문을 열어
눈물로 쓴 역사의 물 고리를 풀어낸다

달빛이 다하기 전 보랏빛 쑥부쟁이에 해가 들고
큰 여울은 물길로 이야기를 써 내리고 있다

달빛 고요한 날

달빛이 고요하더니
내게 그리움 한 움큼 던져줍니다
속살을 파고드는 바늘 끝 그리움들
울음 속 달빛은 더욱 선명합니다

달빛과 함께 걷는
빈곤한 내 그림자
슬픔이 두 눈에 차오릅니다

그대 그리운 날
달빛도 울고 나도 울고
달빛 고요한 날은 그리움에
울보가 되는 날입니다

그런 날 이런 날

그런 날도 있더라
누군가는 세상의 어둠에서
빛이 되어 반짝여 준다더니
어느 날 갑자기
안개처럼 연기처럼
사라지는 날

쌓은 탑이 허무하게
한순간 무너져 내리고
아무것도 아닌 게
되어 버리는 날
사랑의 빛깔도 마음에서
사라지는 그런 날

그런데 이런 날도 있더라
햇살이 안겨오고
내가 나를 위로해 주고
토닥여 안아주는 날

잃어버린 허무 속에서도 아무것도
아닌 듯 툴툴 털고 가볍게 가볍게
일어서는 이런 날

산수유

매화꽃 향기 담 너머
겨우내 쌓아둔 시린 눈 녹아
살점 떨어진 야윈 닭발 가지에
노란 병아리꽃
봄눈이 터졌다

꽃눈 하나
푸른 물에 녹아
속살 드리운 봄빛
환한 웃음이 장승 귀에
입이 걸렸다

바람 타고 오는 봄빛
햇살보다 눈부실까
이웃들 넘치는 정에
꽃망울 터진다

첫사랑 한 아름 추억의 눈물샘
바람에 노란 비 꽃으로 내리고
꽃에 취한 봄빛에 빼앗겨

길을 잃었다

씨줄과 날줄이 풀어지도록
봄을 풀어 노란 꽃물에 물들어
고향은 지금 꽃 피는 산골

초록 이는 재인폭포

꼭꼭 숨은 비경 재인폭포
초록 이슬 물방울
고운 빛 머금고 피운
사랑의 무지개

한 걸음 한 걸음
거닐다 내려다본 폭포
깊은 물 속 한가로이
노니는 물고기 떼

오십만 년 역사
좌로 우로 흘러 모아
사계절이 아름다운 폭포 줄기 아래
둥근 초롱꽃 만발

봄

꽃바람이 눈시울 적시게 하는
고운 날
꽃송이 그림자 고운 침묵

몹시도 그리워 행복한 날
나로 곱게 피어나서
꽃잎으로 지는 바람

두근거리는 심장
꽃이 지고 없는 자리
이파리 돋는 날

푸른 풀떼기처럼
초록이고 싶은 봄

벚꽃나무 수배령

벚꽃잎이 빈 허공을 수놓은 그날
꽃바람에 내 살갗 표적이 되어
느슨해진 세포를 흔들어 깨운다

일그러지고 녹슬고 지쳐
잠들어 있던 뇌
조금씩 싹트기 시작하였다

꽃잎 출렁이는 물살을 바라보다가
동공에 꽂힌 커다란 나무 한 그루
그 순간 꽃향기를
나만이 간직하고 싶었다

가슴속 새겨지는 꽃잎
연노랑 꽃술 모양새로
듬성듬성 써 내려갔다

세상에 드러난 여린 꽃잎들
나의 시선과 마음을 강탈해 갔으니
작은 노트에 긴급 수배해 본다

봄비 한 사발 담아 낸 밥그릇

꽃이 그려진 밥그릇이
나의 두 손을 떠나 쨍그랑 메아리치며
먹구름 사이에 박혔다

밥 한 그릇씩 가득 담아
굶은 배를 채워준 나날들
야금야금 소릴 내며
밥그릇과 정든 세월
버리자니 나이가 찾아와 운다

마당에 꽃이라도 심을 양
깨진 밥그릇을 고이 놓았더니
봄비가 내려 빈 그릇에 고여
한 사발 가득 넘쳐 흐른다.

그릇이 내게 말했다
- 잘 보아라 나는 그대에게 식지 않는 따뜻한 봄 그릇이
었다 -

노루귀

이슬에 핀 꽃가지
바람 맞아 바위 끝에 고개 숙여
솜털 하나 바르르 파르르
햇살을 삼키고

진달래 필 즈음 분홍저고리 물들여
동박꽃 터질 즘 흰 치마 드리운
나무꾼조차 눈길 주지 않은
돌의 생명 깨워 노래한다

가는 바람조차 힘겨운
그대 앞에 무릎 꿇고
노을이 질 때까지 서성이다
상사화의 노래를 들었다

돌아서 가고 없는 밤
발길 따라 달빛 오고
달 속 아지랑이 춤추던
당신, 봄이 오도록 그리웠다

봄눈 내리던 날
빈 골짜기 새 울음에 문 열어
꽃물 흐르고 님이 오셨음을 알았다

박제된 벽의 그림

한 그루 나무가
구름을 베고 누워
파란 나를 바라다본다

가을걷이가 한창인 짧은 가을날
긴 논둑길을 엄마는
머리에 또갱이를 하고
바쁜 걸음 재촉하신다

생각이 긴 시간들
단단한 벽에 붙어
세월만 흘러가고

어느 땐 구름을 베고 누운 나무가 되고
바람을 맞고 누워 있는 푸른 초원이 되고
마냥 홀로 논둑길을 걷고
박제된 벽 속 액자 안에서
아무것도 할 수 없는 세월을 흘려보내는
그림이 된다

봄이라지요

꽃 요정들이 드레스를 입고
바람이 난다는 계절

꽃향기 가슴에 묻고
고운 노랠 부르며
사랑에 취해 꽃잎을 보내는 계절

꽃다지꽃 자운영꽃에 말을 건네는
그렇게 아름다운 순간

봄이라지요

비몽사몽

자박자박 꽃잎 따라 걸으며
마주한 봄
아른아른 수채화로 펼쳐지고
길 위 양 갈래로 흩어져
이내 향기로움에 비몽사몽
마음은 꽃의 무지개 속에 잠겨있는데

꽃물에 발등 적시고
바라보는 곳마다
꽃향기 그 달콤한 속삭임이 스며들고
아파도 아름다움을 다하는 꽃잎들
낡은 마음 하나가 꽃그늘 아래
시간의 조각으로 곱디곱게 떨어지는데

황홀경에 넋 놓고 바라만 본다
봄날의 꿈이 나를
곱게 안아주는 것도 잊은 채
비몽사몽의 순간이 흐르는데

저 별까지 물결처럼 가라

저 별까지 물결처럼 가라

가끔 큰 바위에 부딪혀도
잔잔히 물결처럼 가라

험난하고 굽이굽이 막히더라도
견디며 물결처럼 가라

하늘 마주보며
자유를 안고 저 별까지 유유히
그렇게 가라

저 별까지 물결처럼 가는데
아름다운 행복이
가는 길 등불 되어주리라

사람이 죽으면 별이 된다잖아
우리 모두 운명처럼 가야 할 길
물결처럼 고요히 가자

석등 밝힌 구절초

글썽이는 이슬방울 맺힌 마음이
흐드러지게 핀 석등 안 구절초 같아라
고운 빛 슬픔 안고 가는 뒤안길
파란 맑은 하늘
구절초 꽃향기 온전한 가을 선보이고

햇살 좋은 꿈속이건만
오지 않을 사람
가지 않을 사람
마음 안에 붙들어 놓고
쓸쓸한 그리움으로
하얀 낮달에 얼굴을 묻고
울고 싶어라

어머니의 마음을 숨겨놓았던 붉은 등불

송글 맺은 더위 날 소낙비 습격
이리 뒹굴 저리 뒹굴 멍든 상처 보이며
인생의 한때는 떫고 쓴 맛이라며
참아냈던 감나무

초록 물든 찬바람 신세
농익은 노을빛을 꿀꺽꿀꺽 삼켜
주홍 등 금세 낙조 될까

키보다 몇 곱절 긴 장대 끝
고추잠자리 리본으로 흔들며
주홍 등을 따다
장독에 차곡차곡

하얀 눈 내리는 날
주홍 등 하나 꺼내
자식 입안 가득 넣어주시고
주름진 나무에 두 손 모아
기도하신 어머니

어릴 적 입안 가득 넣어주신
빠알간 주홍 등 덕에
지천명 나이배기 익어 가네

추석 달빛

수많은 이야기를 품고
조용히 나뭇가지 사이에 앉아
그대의 가슴속 사연을
따스하게 감싸주는 달빛
마치 잃어버린 꿈을 되찾는 듯

알사탕 달콤한 가을 하늘
달빛이 쏟아지는 곳마다
그리운 고향의 추억이 파고든다

새벽 아궁이에 불꽃을 피우셨던
어머니 솔잎 향기 가득한 송편
보고픔에 달빛 여울 만나고
가을의 정취는 시간의 흐름 속
사라진 사랑을 다시 불러낸다

그리움

무수히 많은 날개도 없는 그리움들
어찌 나한테까지 날아와
땡깡을 부리는 걸까

그리움 때문에 허기가 지고
공복을 다스릴 고봉밥 꾸역꾸역
허기를 채우니 그리움들
어디로 날아가 버렸다

해 질 녘 어둠에서 빛나는
별빛과 마주하고 있으니
그리움도 별이 된 양
멀리서 나를 내려다본다

어머니의 머리 짐

논 사잇길 길어 어머니 머리 내려앉는다
풀 내음 자운영 꽃향기
들바람 쐬러 나온 삽살강아지

한 손은 주전자
또 한 손은 어머니 손잡고
키 큰 미루나무 인사에
찰랑 넘치는 마음
서산 너머 마실 나온 샛별 하나

오동 꽃바람 불어오는 푸른 오월
아직도 갚지 못한 어머니의 사랑
어릴 적 작은 그리움들
내 가슴에 꽃비 되어 흐른다

봄을 사랑합니다

겨울의 차가운 포옹을 견디며
나는 삶의 강을 건너왔습니다
어여쁜 버들강아지가 뽀송뽀송 인사를 건네며
새로운 시작을 알리는 신호탄이 됩니다

호숫가를 따라 걷던 길
질투의 바람이 코끝을 스치며
내 마음의 문을 열고
자연의 속삭임이 내 안에 스며듭니다

버들강아지의 마음속에 봄의 색깔이
아롱지게 새겨져
내 영혼에 사랑으로 움트기 시작합니다

마음의 정원을 가꾸는
햇살 가득한 계절

가슴 깊이 스며드는 아름다움은 모
두를 하나로 잇는
새싹의 교향곡으로 울려납니다

울 어머니 잔칫집 가시는 날엔

기다림은 고무줄처럼 길게 늘어졌다
해가 저물어 어둠이 찾아올 때
비로소 어머니의 모습을 만날 수 있었다

검은 비닐 속 떡 귤 부침개 수리미
온종일 기다린 보람을
뱃속 한가득 챙겨 넣던
어머니의 위장이 비어 있어야
내 배가 불렀던 시절을 떠올린다

잔칫집 가서 남은 떡을 싸주며
눈물 어린 그리움이 찰랑 차오른다
떡을 보면 자꾸만 떠오르는
어머니의 모습

검은 비닐 속에 담긴 그리움은
하얀 달 속 미소에 물들고
사랑 고픈 시간은
밤새 은하수로 흐르고

푸른 바다와 포말

바다가 슬퍼 철썩일 때마다
흰나비 춤사위를 보았네

맑은 영혼의 흰나비
가벼운 몸짓
그 날갯짓에
나의 슬픈 마음을 얹었네

바다와 마주하여
내면의 자화상을 끄집어내
그린다면
저리 곱게 반짝이려나

하얀 거짓말

밥 먹듯 거짓말을 하고 있는
너는 뽀얗다
언제 그랬냐 훑고 간 자리에
우두거니 서 있다

푸른 봄 하늘에 수놓은
하얀 꽃의 잘 된
예쁜 거짓말

하늘에 닿은 하얀 소리
시샘 바람이 훑고 간 얼굴
잿빛 낙엽이 되어 낙화하는 순수
아니 하얀 거짓말

고요한 밤의 무한 수수께끼

어둠 속
고요한 밤의 무한 수수께끼
잊혀진 꿈들이 찾아와
나를 불러 세우고

가슴 속 깊이 침잠하는 그 울림
파도처럼 밀려오는 감정의 소용돌이
잃어버린 시간의 조각들을 되찾고
두려움을 초월하는데

그리웠던 추억의 향기
별빛처럼 부서져 다가와
눈을 감고 그 소리를 음미하면
내 안의 불꽃이 다시 살아나
태워지고

세상의 신음 속에서
길 잃은 나를 찾아주는 안내자
내 영혼의 깊은 곳에서 울려 퍼지는
잔향

꽃들에게 반하여

향기로 나를 유혹하지 마세요
어여쁨으로 나를 부르는 꽃

야리야리한 몸 파르르 떨며
애교 부리지 마세요
그 몸짓 흔들림에 반하여
두 눈 감으면 아른아른
두 눈을 떠도 그리움 동동

꽃들에게 반하여
그리움의 상사병은 몰려들고
처방전 없는 그리움들
따사로운 봄날에
우리 다시 만나요

글쓰기

어디서부터 어디까지
생각해 낼 수 있을까
아득하기만 한
순간들은 빗발쳐 오고
가다 보니 새벽녘

하얀 머릿속에
한 줄 써 내려가는 길은
멀기만 한데

쏟아붓는 빗방울만큼
노아의 방주 때 홍수만큼
넘실넘실 흘러나게 도와준다면

각원사의 홍풍

바늘 끝 같은 봄 햇살이
꽃잎을 관통하는 하루
바람이 상처 난 흔적을 지우고
먼발치에 곱게 누운 꽃잎
고통은 꽃향기 속에 묻히고
꽃잎은 더욱 선명한 분홍의 자태

마음 다해 피운 꽃잎
꽃 누운 자리도 아름답구나
사람의 향기도 저 꽃처럼만 같아라
아쉬운 봄
각원사의 홍풍 꽃바람이
얼룩진 마음을 닦아낸다

7월 설악산

대승폭포 물줄기
바람이 휜 등을 떠밀어
굽었던 어깨를 곧게 세우면
운무雲霧속 까마귀 한 쌍의 노랫소리
비상을 꿈꾸는 날갯짓 선하다
단단한 바위
심성 고운 남정네 모습에 반하여
품속에 안긴 듯
붉은 동자 꽃송이는 이슬비에 젖어 눕고
꽃바람 멀리 전한다

분신

내 존재의 심연에서 태어나
내 속에서 움트긴 했지만
성숙한 삶의 문턱에 서게 되니
내 영혼이 아닌 다른 영혼의 그림자가
드리워지네

아름다움을 인정하고 선택한 이는
운명을 함께하는 존재로 자리 잡고

서로 인연으로 만났으니
마주 보는 거울이 되어
반사된 빛으로 세상을
밝혀주리라

멍울은 구름처럼 흩어지고
서로를 잊지 않는 별이 되어
밤하늘에 빛나는 희망의 등불로
영원히 흐르는 강처럼
이어지기를

쑥털털이

논둑 뽀얀 살갗
떡시루 피어오른 흰 김 사이로
사라지는 옛이야기

버들가지 꺾어 들고
대문 밖
엄마 엄마 크게 부를수록

부엌 한편에
색동 밥상보 걸치고
나를 기다려주었던 쑥털털이

장독대 봄바람
감꽃 망울 터져 나오는
봄 뻐꾹 소리

따분했던 그날
마실 다니는 꽃잎 엄마의 치맛자락 빙빙 돌며
심심하면 장독대 간장이나 퍼먹으라던 엄마

장독 간장 소금꽃
하얀 향기 핀 쑥털털이

우연한 사랑

나비의 우아한 춤이 시작되면
꽃잎에 몸을 비비며
다가가는 나비

유혹의 향기를 풍기는 섹시한 꽃
오색 꽃가루를 뿌리며 사랑을 전하고
페닐에틸아민 향기가 실바람에 실려
사랑의 순간은 짧고 강렬한데

모든 것은 우연
나비는 다른 꽃으로 날아가고
사랑은 달콤했지만 짧고
애절함은 가슴에 남는데

우연한 사랑은 이별과 함께
새로운 시작을 기다리며
가슴에 남은 애절함은
또 다른 사랑을 기다리고

별이 된 꽃잎

- 이태원 추모시

아름다운 세상 살아보지도 못하고
예쁜 꽃잎 하나 둘
별이 되었다

도울 수 없는 안타까움에
가슴만 검게 타버리고

10월의 마지막 인사도
하지 못한 채
세상 끝나는 날 다시 만날 날만
기다려야 하는지

모두에게 사랑이었을 그대들
밤하늘 별이 된 그대들
꽃잎 진 자리
별은 유난히 빛나는데
슬픔은 두 눈 속에 잠긴 채
별이 사랑인 그대들로 향하고

꽃들의 이력

써 내려간다
발가락이 보이고 몸통이 보이고
손가락이 보이고
가지가지마다 봉오리가 생겨나
피우는 이력 볼 때마다
매력이다

오늘 하루가
달라지는 어여쁜 나의 바이올렛
가슴에 순간
곱게 새겨지는
예쁜 문양들

3부

질경이의 힘

물 역경

끓는 주전자
불꽃은 고독한 춤을 추고
수증기는 과거의 기억을
연기처럼 피워낸다

주전자 속 물은 생명의 노래
내 마음의 갈망을 담은 호수
고요한 표면 아래
어둠 속의 빛을 찾는 새 한 마리

끊임없이 부딪히며 뭉쳐지는 힘
역경 속에서도 피어나는 새의 날갯짓

뽀글뽀글 물방울은 소리를 내며
자유를 찾아 솟구치는 뜨거운 함성

상처와 생존

어느 날 날카로운 부리의 새들이
나를 향해 날아와 쪼아댔다

아무리 아프다 해도
아랑곳하지 않고 쪼아댔다

내겐 선택의 여지가 없었다
어쩔 수 없이 받아들여야 하는 운명이기에

그대의 아픔은 잊고
단맛을 쪼아 살갗에 지문을 남기며
포식자처럼
그렇게 이 세상은 커져만 간다

그래도 우리는 견뎌야 한다
별이 될 때까지
푸른 하늘에 닿을 때까지
새로움이 시작될 때까지

옷걸이의 넋두리

내가 짊어진 무게는
세상의 슬픔을 품은 구름

짓누르는 버거움을 참을 줄 알기에
버거움은 나의 숨결
나는 침묵의 기둥이 되어
가슴 속 열매는
나의 어깨가 망가져 버리면
버려질까 두려워 견뎌내는
시간의 흔적

내가 걸친 옷들은 꿈의 조각들
각기 다른 색과 이야기로 가득한
아름다움 뒤에 숨겨진 슬픔
그 모든 것을 나 혼자 감당하리

내 몸은 억센 나무
아름다운 옷을 걸어두는
가벼운 잎사귀들

두려운 꿈
고난의 바람이 불어도
그림자처럼 조용히
세상의 웃짐을 지고
흔들리며 여전히 서 있네

개미의 전설

부자로 살겠다는 열망에 사로잡힌 개미는
일중독 굴레 속에서
자기 몸보다 커다란 짐을 등에 지고 바삐 움직였다
그의 발걸음은 삶의 농사를 짓는
한 편의 시처럼 이어진다

푸른 동그라미 속에서
쟁기질 호미질 작은 손아귀에
한 해 농사는 개미의 넉넉한 꿈에 정해졌다

가을걷이가 시작되자
그는 황금을 맛보았다
더 큰 꿈은 마른 사막을
비옥의 땅으로 만드는 게 꿈이었다

부지런함은 꿈의 밭을 경작하고
게으른 베짱이는 얼어붙은
별이 되었다고 한다
게으름은 차가운 별빛에 갇힌다는
교훈을 전해주었다

어머니의 비늘

병환으로 자리 누우신 지 여러 해
말씀도 잃으시고
백치 아다다 되신
나의 어머니

바짝 마른 앙상한 고목 나무
뚝뚝 눈에 고여 쓰리다

찬바람 지고 사신 세월
얼음장 속 하얀 비늘이
바스락 내린다

눈시울 울컥
가슴 무너지고
허연 비늘을 만날 때마다
눈물이 고인다

못생긴 나무가 나에게 말했다

"내 멋대로 맘껏 살아갈 거다
아무리 참견해 봐라
그래도 내 멋대로 내 삶을
살아갈 것이다"

"그래, 네 멋대로
그렇게 살거라
개성을 잃지 말고"

그럼에도 불구하고

세상이 어둡고 힘들어도
나는 서 있다
바람이 불고 파도가 밀려와도
나는 흔들리지 않는다

고난과 역경이 내 앞에 있어도
나는 앞으로 나아간다

세상이 나를 무너뜨리려 해도
나는 다시 일어선다

어둠 속에서도 희망의 빛을 찾아
그렇게 걷는다

그럼에도 불구하고,
나는 살아있다그리고
나는 이길 것이다

1225

탄생의 숫자
지구상에서 죽을 때까지 따라다닙니다

인생은 주고받는 균형의 연속
그래서 지구의 반은 여자 반은 남자입니다

부채처럼 잘 펼쳐진 인생
수렁에 빠질 때도 있었지만
그때마다 케이크와 꽃다발이
축하했습니다

생일은 행운의 증거
부드러운 빛과 사랑으로 가득한 날입니다

가뭄 속 단비

햇살이 말려 죽이고 비틀어 죽이고
가슴이 숯검정 되어 타들어 가
죽어 갈 때쯤 만났던 단비

주룩주룩 내리는 빗물은
생명을 살게 해 주고
살아서 뭐하나 싶다가도
단비를 만나니 물 만난 물고기 되어
다시 살아지는 인생

인생 별거 아니라면서도
욕심 아집을 부리다가
그리 살면 안 되는 줄 알면서도
끝도 없는 나만의 아집대로 살다가는
부질없는 삶

저 사람 인생을 참 답답하게 산다고
나무라면서도 나도 모르게 착각이라는 것에
배부르게 살아지고

인생 정답이 없다는 걸 알면서
매일 답 찾다 해 질 녘 만나지고

아침에 눈 뜨면 살아있음에 감사 기도를
하면서 언제 그랬냐며 또, 도도해지고
나보다 다 잘난 삶을 사는 세상 사람들에게
겸손해지고 사랑하는 방법을 습득하자고
그리고
지금, 이 순간 행복해지자고 다짐했습니다

삶을 노래하다

삶은 때론 슬프고
눈가에 촉촉함이 느껴지고
흐르는 세월에
어쩔 수 없이 잃어만 가야 하는 게 있다
그래서 살아지는 생은
슬플 수밖에 없다

슬플 수밖에 없는 삶에
조각들을 모아
헌 옷 꿰듯 지어놓고
불편하고 어두운 빛들을 가리고 싶다
내게 슬프다는 것은 기쁨과 행복
즐거움과 삶을 살아가게 하는 노래인 것을

털별꽃아재비

작은 들꽃 이름 털별꽃아재비
따뜻함을 갖고 이곳까지 날아와
돌 틈 깊숙이 뿌리내리고
찬바람에도 꽃을 피웠다

추운 날 왜 꽃을 피웠느냐 물으니
못 들은 척 딴청을 부린다

스스로 온 힘을 다해 살아야 했던
많은 시간들

쌀 톨보다 작은 털별꽃아재비
온 정성을 다하고
힘듦을 견뎌낸 네게서
진정
삶과 희망을 느껴본다

염전

나에게 주어진 시간
이만큼인 것을
아름답지 못하고
긍정의 마침표도 의문이라는
물음표의 그림자로

하얗게 머리가 비워진 날
소금꽃 한 수레
빛을 머금고
수레 끄는 염부
등줄기에
소금꽃 피었다

이유가 있었다

잘나가는 사람이 있는데
그 사람이 잘나가는 이유를 알았다

언제나 겸손하고
마음이 부처님 예수님 같은데
욕심도 없고 자만심도 없고
얼굴엔 웃음이 가득

잘난 척도 안 하고
한결같은 다정함에
마음이 비단결처럼 고왔다

그 사람이 잘나가는 이유가 있었다

뒷모습

감춰진 이야기의 실타래
당당함과 처진 어깨 사이에서
쓸쓸함과 아름다움이 어우러진다

뒷모습은 결코 볼 수 없기에
늘 빛나고자 애쓰지만
드러나지 않는 속내
그 속에서 읽어내는 순간
무척 쓸쓸해 보이는데
애써 외면한다

뒷모습은 진심을 담고 있으니
그 안에 숨겨진 그 무엇을 바라본다
조심스레 영혼을 엿보는 듯
묘한 매력을 느끼면서

그렇게 무심한 듯
그러나 깊은 사연을 품고 있는
신비로운 숲과도 같은
뒷모습

어차피 죽는다

복잡하다
숨이 거의 끊어지려 한다
그럴 때마다
어차피 한번은 죽는다
그럭저럭 넘기자

억울하다
보복하는 방법을 모른다
밤새 고민과 힘겨루기하다
어차피 한번은 죽는다
대충 넘기자

살다 보니 인생 깊게 살지 말고
얇은 종이 깃털 가벼운 존재로
살아가자

웃으며 고개 넘는 일이 잦아졌다
미소를 막 퍼주고 넉넉해졌다
억지가 아닌 유기농 미소다

습관

좌우 두뇌에
감사와 사랑을

하늘 닿을 때까지
탑으로 쌓는
습관을 들이면

올바른 반복의 연이은 생활성
공할 수 있는데

소원

- 아름다운 마음들이여
  사라지지 말고
  영원히 내 곁에 꼭 붙어 있어주렴 -

갈변현상 이는 마음들은 변덕쟁이로 만들고
인적 드물고 조용한 길 위를 걷다 보니
그만 행복함에 만취되어 길을 잃었다

헤매는 길 위의 나를 발견하고
찾아지는 소원들이 아름답다

오만했던 마음은 긴 한숨에 날려 보내고
어릴 적 마주쳤던 무지갯빛 되어 살고 싶다
세상에서 가장 아름다운 사람이 되고 싶다

꽃이 그려진 그릇

국미나 시집
Poems by Kook Mi Na

투명한 물방울

꽃잎 위에 영근 투명한 물방울
그 속에 나도 담기고 싶어라
사람이 이토록 맑을 수 있다면
찌든 마음은 어디에 두어야 할까?

흘러가는 시간의 물결 속에서
삶의 의미를 찾아 헤매며
숨만 붙어 있는 삶이
그저 살아있는 걸까?

영롱한 아름다움 속에
내 마음의 자아를 비추며
어둠을 뚫고 나오는
세상의 빛이 되고 싶다

거꾸로 보는 세상

짠맛 매운맛 다 보고
시간의 묵직한 기억을 담은 그릇
이젠 더 이상 맛볼 게 없네

땅이 하늘이 되어
호박꽃은 밤하늘의 별이 되었네
나는 그 사이에서 음미하는 여행자

눈물의 바다 고통의 향기
가시로 엮인 삶의 꽃을 피웠던
거꾸로 세워진 장독대

장맛을 잃고 입이 귀에 걸린 미소를 짓는
거꾸로 보는 세상도 볼만하다

한탄강 주상절리길

겹겹이 쌓아진
아름다운 골계미 얼굴 하나

차마 다 전하지 못한 사랑
봄날 예쁜 빛깔로 피어나 사랑 전하네

진달래 빛 고운 날
그리움
돌 틈 사이로 돌단풍
내 그리운 마음 아는 듯
알았다며 표정 짓네

연분홍 선녀 옷자락
돌 틈에 걸렸는지 눈에 아롱지네

황룡사 벚꽃 핀 오솔길

꽃 그림자 짙은 어느 날
봄 하늘의 하얀 낮달이
소라빛 하늘 위에서
벚꽃 구경합니다

황룡사 벚꽃 핀 오솔길은
그대와 함께 걷고 싶은 꽃길

작게 속삭여 봅니다
꽃잎 떨어질라
살살 거닐게

속리산 법주사

초록 바람 불어오니
금부처의 지그시 감은
눈 끝에선 하늘색 미소가 맑다

겹겹이 쌓아 올린 토담 길
기왓장이 올려진 틈엔
자비가 숨 쉰다

산자락마다 별스럽지 않은 포근함
염주나무 튼실하니
하얀 나비가 팔랑이고
나는 알몸이 되어
해탈의 꽃을 피운다

유수 같은 세월 속에
하늘을 나는 물고기
파란 자유를 꿈꾸는 새
붉게 익어가는 보리수
속리산엔 큰 돌부처
법주사가 있다

무량사의 빛깔

문밖 뜰에 홀로 앉아
바람을 기다린다
울긋불긋 온몸으로 토해내는 단풍들
가슴속 허전함 다 태우고
연기되어 허공 중에 날리면
노란 금빛 가루 흩날리는
풍경소리 귓가에 속삭여 준다

떨어져 밟히고
뒹구는 낙엽 될지라도
뿌리 깊은 나목이 되어
따스한 봄을 기다리는 꿈이 있으니
무량사의 가을은 지금
참 아름답다

나의 책

얇고 부드러운 표지 속에
내 마음의 이야기들을 담아두고
세월과 아픔을 감추며조
용히 꺼내어 마주하는 시간

지친 하루 끝에 내게 다가와
안식의 편안함을 떠 넣어주지

가끔은 마음 무거운 날
너를 펼치면
그 안에 숨겨진 작은 꿈들이
날개를 달아주지

너의 존재는
마음의 상처를 치유하는
작은 위로의 손길이 되어
삶을 견디게 하는
희망의 나침반

너희는 어디서 왔느냐?

이글거리는 여름날을 견디며
장맛비 예쁜 무지개가 꽃잎으로 앉았는지
빨주노초파남보
구름 위 덩실덩실

긴 여름날
밤새 천둥과 번개가 꽃이 되었나
빗물이 꽃잎 되었나

물어본다 꽃들에
너희는 어디서 왔느냐?

웃음 비타민

예쁜 기집애
지상에 퍼지는 너의 웃음은
정원에 심어진 씨앗
찬란한 생명 봄의 첫 꽃잎

꽃이 피고 지는 소리
세상을 환하게 비추는 희망

너의 눈빛은 지나가는 바람에
실려 오는 행복

너와 함께할 때
세상을 감싸는 선명한 화폭
영원한 내 삶의 보물
모든 순간을 특별하게 만드는 무지개

꽃차 바람 나다

이른 봄
햇살 품은 매화꽃을 따다
찻잔에 봄을 띄워놓고
꽃잎 위에 사뿐사뿐
분홍 날갯짓을 하며
고운 시간을 보냅니다

삶이 봄이라면
지금은 아름다움입니다
가슴 문지르는 향기
시린 겨울은 떠나보내고

은은한 찻잔 속
진한 꽃 사랑이
다시 피어납니다

소문

가을 햇살이 등과 어깨를
주무르는 동안
강을 바라보며
강물에 떠 있는
다이아몬드를 줍기를 반복한다

어디서 소문을 듣고 왔는지
바람이 강물의 다이아몬드를
흔들기 시작한다

주운 다이아몬드를 내려놓는다
욕심 없는 삶을 노래하면서
강의 다이아몬드를 훔치려 했던
마음을 부끄러워하며

유치한 삶이 시가 되어

치졸한 시
유치해서 못 봐주겠다고
비아냥거림을 받아도

그러면 어때
시가 되어 감동을 주고
자유롭게 날개짓하는데

그래도 나는
유치한 시를 사랑해

창작

이것저것 다양하게 많이 배운다고 해서
예술이 무뎌지는 건 아니다

거미집을 보면
창작을 통해 창을 내어놓지 않았는가
거미집의 오른쪽 창이
왼쪽 창보다 넓게 낸 이유가 있을 게다
그것이 창작이니까

사람들은 이상하게 생각하지
창작에 대한 욕심이 많은 걸
창작을 위해 거미집을 다시 바라본다

낭만 여행자

새가 하늘을 날듯
대문 밖을 나서면
세상이 내 품에 안기네

어둠 속을 헤매다 찾은 빛
인생의 어둔 터널을 지나며
환희를 만나네

발걸음을 멈추고 찰칵
순간을 담아 추억으로 남기고

마음을 어지럽히는 가시들
낭만 여행으로 차분하게 잠재워
세상과 하나가 되는 열린 문

물고기

우리는
바다의 꿈을 꾸는 별
각자의 길을 찾아 헤엄치는 존재
파도 위에서 춤추며
자유로운 영혼으로 하늘을 날아오르리

바닷속 물결의 속삭임은
내 마음을 어루만지는 멜로디
서로의 눈빛은 깊은 심해
신비로운 비밀을 간직한 채

가자! 푸른 바다로
서로의 이야기를 나누는 곳
떠나자
영원한 꿈을 찾아

사랑하는 벗이여

벗이여 봄이 온다
피는 잎새를 사랑하자
연둣빛 새싹 푸르름으로 가는 계절
우리의 우정도 사랑도
아름다운 초록으로 물들이자

벗이여
마음 전하며 살자
오랜 방황의 끝소리
잘살고 못살고를 떠나
서로 마음 전하며 살자

벗이여
그리워지거든
밤하늘 별빛을 올려다보며
환한 달빛에 안부 전하자

천안삼거리

호남도 없고
영남도 없는
그저 구수한 천안삼거리

수양버들 노래하고
흥타령에 어깨춤 넘실대는
삼거리 주막

동가식서가숙 먹고 간직한
일그러진 잔 속에
꽉 찬 달 떴다

서까래에 걸린
무청에 비가 내린 날
이 빠진 잔에 말을 담는다

사발에 침묵이 고이고
역사를 수놓았다
바람에 한 술 두 술 풀어놓는다

꽃이 그려진 그릇

—

국미나 시집
Poems by Kook Mi Na

꽃의 내면화와 긍정의 정서

윤성희(문학평론가)

꽃의 내면화와 긍정의 정서

윤성희(문학평론가)

1. 꽃을 내면화하는 방식

"우리는 철학 없이 살 수 있다. 하지만 덜 잘살 것이다." 이 말은 프랑스 철학자 블라디미르 얀켈레비치가 남긴 유명한 문장이다. 나는 종종 이 문장에서 '철학'을 빼고 '문학'을 대입해 보곤 한다. "우리는 문학 없이 살 수 있다. 하지만 덜 잘살 것이다." 국미나의 시집 원고를 훑어보다가 다시 블라디미르 얀켈레비치의 말을 떠올렸다. 국미나라면 이렇게 말할 법하다. "우리는 꽃 없이 살 수 있다. 하지만 덜 잘살 것이다." 그렇다면 잘산다는 것은 어떻게 사는 것일까. 시인을 포함한 우리는 여전히 삶에 서툴고 문학에도 서툴다. 서툴러서 뒤뚱거릴 때 헝클어진 마음을 빗질해줄 무언가가 있다면 그것만으로도 어지러움이 조금은 정돈될 수 있지 않을까. 시인에게 '꽃'은 그럴 때의 그 '무언가'로 대용될 수 있는 정신의 거울일 수 있겠다.

보면 알겠지만 국미나의 이번 시집『꽃이 그려진 그릇』에는 수많은 꽃들이 피거나 지고 있다. 시집 표제인 '꽃이 그려진 그릇'도 시「봄비 한 사발 담아낸 밥그릇」의 첫 행 "꽃이 그려진 밥그릇이"에서 가져온 것일 테다. 그 밥그릇에서 일상이 시작되고 마감되는 것이라면 밥그릇에 그려진 '꽃' 또한 시인의 생활체계 안에 함께 들어와 있다는 방증일 것이다. 일용할 양식을 담았을 밥그릇의 꽃은 밥이라는 생의 원초적 에너지를 떠받치는 밑절미일 수 있겠고 매일 새로운 밥이 담긴다는 뜻에서는 에너지의 갱신에 참여하고 보살피는 주체와 동일시될 수 있겠다. 「봄비 한 사발 담아낸 밥그릇」에서 보듯 깨진 밥그릇은 "굶은 배를 채워"주던 용도에서 "봄비가 내려" "한 사발 가득 넘쳐 흐"르는 물그릇으로 기능적 치환이 일어난다. 특히 깨진 밥그릇이 잉여나 폐기의 대상이 되지 않고 "꽃이라도 심을 양" 마당으로 전치轉置되었다는 사실은 눈여겨볼 대목이다. 물건이 갖는 실용성을 벗어난 무용無用으로의 존재 이동이라는 점에서 이른바 레디메이드적 메타포를 갖게 되는 것이다. 나아가 그릇의 표층에 존재하던 꽃은 마침내 "그대에게 식지 않는 따뜻한 봄 그릇" 속에 다시 피어날 가능성으로 하여 생명의 정원을 구성할 기회를 얻는다. 이제 꽃은 그릇의 바깥으로부터 자리를 바꾸어 시인의 심층에서 내적 체험으로 수용되기에 이른다.

　꽃이 단순한 풍경으로 제시되지 않는다는 말이다. 꽃은 시적 자아와 정서적 일체감을 드러내는 수단인 동시에 시적 자아의 표상으로 위치한다. 그런 이유 때문에 꽃과 자아 사이에는 더 이상 거리가 존재하지 않는다. 대상과 감정적 교류를 일으킴으로써 거리의 소멸을 야기하게 되는 것이다.

자박자박 꽃잎 따라 걸으며

마주한 봄

아른아른 수채화로 펼쳐지고

길 위 양 갈래로 흩어져

이내 향기로움에 비몽사몽

마음은 꽃의 무지개 속에 잠겨있는데

꽃물에 발등 적시고

바라보는 곳마다

꽃향기 그 달콤한 속삭임이 스며들고

아파도 아름다움을 다하는 꽃잎들

낡은 마음 하나가 꽃그늘 아래

시간의 조각으로 곱디곱게 떨어지는데

황홀경에 넋 놓고 바라만 본다

봄날의 꿈이 나를

곱게 안아주는 것도 잊은 채

비몽사몽의 순간이 흐르는데

- 「비몽사몽」 전문

'비몽사몽', '황홀경' 등의 시어를 통해 알 수 있는바, 시의 화자는 지금 대상과 혼융된 상태에 있다. 주체와 객체가 섞임이나 밀착의 상태에 있으므로 주객 간의 거리 또한 인식되지 않는다. 대상과 하나가 된 듯한 일체감 속에서 자아에 대한 의식이 사라짐으로써 감각적 환상에 빠져든 결과가 '비몽사몽'이다. "꽃의 무지개 속에 잠겨"서 "황홀경에 넋 놓고" 있는 이런 몰아沒我는 우리가 인생에서 겪는 일반적 경험과는 다른 차원의 자기목적적 경험이라 할 것이다. 몰아는 TV 드라마에 폭 빠져 친구와의 약속 시간을 까맣게 잊어버린다든가 혹은 다른 세계로 가는 공상에 빠져 가상과 현실이 혼종되는 일과 같은 것이 아니다. 이해관계, 목적의식이 끼어들 틈이 없는 방심放心일 때만 가능한 내적 희열의 경험이다. 그러므로 자기목적성은 순수한 상태로 감정을 고양시켜 주는 극대화된 주관에 몸과 마음을 내맡긴다. 현실의 이익에 대한 기대나 목표 따위는 의식되지 않는다. 여기서 얻는 것은 오직 환희나 경이와 같은 내적 보상일 뿐이다.

> 세상에 드러난 여린 꽃잎들
> 나의 시선과 마음을 강탈해 갔으니
>
> -「벚꽃나무 수배령」 부분

> 오늘 하루가
> 달라지는 어여쁜 나의 바이올렛
> 가슴에 순간
> 곱게 새겨지는
> 예쁜 문양들
>
> -「꽃들의 이력」 부분

대상과의 거리를 소거함으로써 그것을 내면화하는 것이 국미나가 꽃을 대하는 방식이다. "시선과 마음을 강탈" 당하든 가슴에 바이올렛의 문양을 새기든 꽃은 마음속에 들어와 있다. 나아가 "나로 곱게 피어나서"(『봄』)라는 문장이 암시하는바 '꽃'과 '나'는 불가분리의 심리적 동일체를 이루기도 한다. 그럴 때 꽃의 색깔과 향기, 꽃잎에 맺는 이슬이 가진 순수성에 힘입어 '나' 또한 순수의 영역에 자동적으로 편입될 수 있게 된다. 그런 점에서 국미나에게 꽃은 순수 자아의 확장이고 그 자아의 이상을 표상하는 언어이기도 한 것이다.

2. 어머니를 호출하는 방식

시인의 시적 삶이 꽃과 깊게 결속되어 있다는 것은 의심의 여지가 없다. 이와 더불어 국미나의 시에서는 자연물 또한 꽃을 둘러싼 주변 계열체로서의 위상을 갖고 있는 것으로 보인다. 가령 "꽃잎 위에 영근 투명한 물방울/그 속에 나도 담기고 싶"(『투명한 물방울』)다거나 "그대 그리운 날/달빛도 울고 나도 울고"(『달빛 고요한 날』) 있다고 할 때 자연은 자주 화자의 감정을 투영하는 대상이 된다. 자연물은 마음의 빈터에 흘러들어 시적 자아를 비춰주기도 하고 감정을 의탁하거나 이입함으로써 시적 자아와 한 몸이 되기도 한다. 그렇게 함으로써 자연물은 시인의 무의식까지 개입하는데 국미나의 시에 나타나는 연상에 의한 시쓰기 방식은 이 과정에서 비롯된다. 달빛에서 그대를 떠올리고(『달빛 고요한 날』) 산수유에서 첫사랑과 고향을 떠올리는(『산수유』) 식으로 그것이 실현되는 것이다.

특히 어머니를 떠올릴 때가 그렇다. 다수의 시편에서 자연물은 어머니에 대한 연상을 매개하는 수단으로 동원된다. 누구에게나 그렇듯이 시인에게도 무의식은 어머니에 대한 추억이 담겨 있는

지하수와 같다. 사실 우리 정신의 활동 중에서 의식 수준으로 올라와 삶에 개입하는 추억의 양은 얼마나 되겠는가. 그것처럼 시인의 어머니도 일상의 발화 속에서는 그 모습이 잘 드러나지 않는다. 대수층에 잠겨있는 지하수를 끌어 올리는 펌프처럼 무의식 안에 잠자고 있는 어머니를 깨우는 것은 자연물이다. 자연물을 마중물 삼아 시인은 어머니와 결합된 기억들을 의식의 수면 위로 끌어올리는 것이다.

수많은 이야기를 품고
조용히 나뭇가지 사이에 앉아
그대의 가슴속 사연을
따스하게 감싸주는 달빛
마치 잃어버린 꿈을 되찾는 듯

알사탕 달콤한 가을 하늘
달빛이 쏟아지는 곳마다
그리운 고향의 추억이 파고든다

새벽 아궁이에 불꽃을 피우셨던
어머니 솔잎 향기 가득한 송편
보고픔에 달빛 여울 만나고
가을의 정취는 시간의 흐름 속
사라진 사랑을 다시 불러낸다

-「추석 달빛」 전문

자연에 대한 경험을 시적 경험으로 녹여내는 사유 방식이 드러나는 시다. 어머니는 아마 "새벽 아궁이에 불"을 때서 "솔잎 향기 가득한 송편"을 쪄냈을 것이다. 추석날 저녁 나뭇가지 사이로 비치는 달빛을 보고 화자는 새벽 일찍 일어나 송편을 찌던 그때 어머니를 떠올린다. 여기서 어머니의 행위 시간은 새벽이고 달빛을 경험하는 시간은 저녁이다. 시간의 불일치다. 그러나 무의식에서는 어머니의 시간과 달빛의 시간이 하나로 연결된다. 하나(달빛)가 활성화되면 거기에 연결된 고리(어머니의 송편)도 함께 활성화되기 때문이다. 자연 경험이 시적 경험으로 전환되면서 시간의 불일치는 중요하지 않게 된다. 결국 달빛 가득한 한가위 정취가 "잃어버린 꿈을 되찾"게 하고 어머니의 "사라진 사랑을 다시 불러"내는 마중물이 되는 셈이다. 이렇게 현재 시점에서 지각되는 자연물을 매개고리로 하여 어머니를 떠올리는 시상전개 방식은 다음 시에서도 그대로 유지된다.

논 사잇길 걸어 어머니 머리 내려앉는다
풀 내음 자운영 꽃향기
들바람 쐬러 나온 삽살강아지

한 손은 주전자
또 한 손은 어머니 손잡고
키 큰 미루나무 인사에
찰랑 넘치는 마음
서산 너머 마실 나온 샛별 하나

오동 꽃바람 불어오는 푸른 오월

아직도 갚지 못한 어머니의 사랑

어릴 적 작은 그리움들

내 가슴에 꽃비 되어 흐른다

-「어머니의 머리 짐」 전문

"오동 꽃바람 불어오는 푸른 오월"을 현재 시점에 두고 화자는 어릴 적 어머니와의 추억을 떠올리고 있다. 어머니는 무거운 짐을 머리에 이고 저물녘의 긴 논둑길을 화자와 함께 걸어오는 중이다. 짐이 무겁고 돌아오는 길이 "길어 어머니 머리 내려앉"을 지경인데도 어린 화자는 "찰랑 넘치는 마음"으로 즐겁기만 했던 것이 지금 미안하다. "아직도 갚지 못한 어머니의 사랑"이라는 구절에 아마도 이런 심리적 정황이 내포되어 있을 테다. 그렇다면 성인 화자가 무의식 속에 가라앉아 있던 어린 날의 어머니를 떠올리는 연상의 촉매는 무엇인가. 후각적으로는 자운영과 오동의 꽃향기이고 시각적으로는 두 꽃의 색깔이다. 감각적 인접성이 과거의 어머니에게로 가는 문을 여는 열쇠가 되는 것이다. 거기에 '오월'이라는 계절 배경이 환기하는 정서까지 결합하여 어머니에 대한 그리움은 "내 가슴에 꽃비 되어 흐른다"고 말할 만큼 절절하게 스며온다.

국미나의 시에서 어머니는 화자의 어릴 때 어머니다. 물론 "얼음장 속 하얀 비늘이/바스락"(「어머니의 비늘」) 하고 부스러지는 어머니도 있지만 액자 안에 박제된 어머니조차도 "머리에 또갱이를 하고/바쁜 걸음 재촉하"(「박제된 벽의 그림」)는 건강하고 젊은 어머니다. 이때의 어머니는 "떫고 쓴 맛이라며/참아냈던 감"(「어머니의 마음을 숨겨놓았던 붉은 등불」)처럼 삶이 신산할망정 여전히 젊으며 양육과 돌봄을 감당할 만큼 강하다. 가족의 생계를 떠맡는 가부장의 대행자가 아닌, 아이의 주린 배를 채우고 생활을 보살피는 조력자로서의 이미지를 갖는다. '주홍 등(홍시)', '떡 귤 부침개 수리미', '쑥털털이' 등 간식으로서의 음식물은 그러한 어머니의 이미지에 디테일을 부여하는 소품 장치가 될 것이다(「어머니의 마음을 숨겨놓았던 붉은 등불」, 「울 어머니 잔칫집 가시는 날엔」, 「쑥털털이」). 그런 점에서 국미나에게 어머니는 어머니라기보다는 '엄마'에 가깝다. 엄마는 언제나 개별 존재에게 원초적이고 근원적인 무의식으로 작용하기 때문이다.

3. 긍정과 자존의 자기인식

평면거울이 발명된 이래 사람들은 자신의 모습을 보다 정확하게 관찰할 수 있게 되었다. 거울 앞에 얼굴을 바짝 디밀어 보기도 하고 여러 표정을 만들어보기도 한다. 고개를 돌려 측면을 비춰보기도 하고 거리를 만들어 위아래를 동시에 바라보며 자신의 요모조모를 살피기도 한다. 거울은 어제의 '나'와 달라졌으면서도 여전히 동일한 '나'로 존재하는 자신의 연속성을 확인하는 도구다. 모든 시인은 마음속에 그런 거울 하나씩을 가지고 있는 사람이다. 누구보다 예민하게 자기 현존을 각성하고 자신의 정체성에 관심을 쏟는다. 국미나 시인 역시 여기서 예외일 리가 없다. 내면의 거울을 통하여 끊임없이 자아를 인식하고 마음의 초상을 그리며 자신의 목소리를 듣는다. 다음의 시에서도 시인의 자아는 자신의 초상이 발화하는 마음의 소리를 듣고 거기에 반응하는 모습을 보여준다.

"내 멋대로 맘껏 살아갈 거다

아무리 참견해 봐라

그래도 내 멋대로 내 삶을

살아갈 것이다"

"그래, 네 멋대로

그렇게 살거라

개성을 잃지 말고"

　　　　　　　　- 「못생긴 나무가 나에게 말했다」 전문

　이 작품에서 '못생긴 나무'는 시적 자아를 투사하는 외부의 거울
이면서 동시에 내적 거울이기도 하다. 시적 자아는 이 거울에 자신
을 전적으로 투사함으로써 어떻게 살 것인가에 대한 질문의 답을
얻을 수 있게 된다. 형식적으로는 '못생긴 나무가 나에게 말'하고 나
는 그의 말을 긍정하고 격려하는 것처럼 보이지만 내용상으로 '못
생긴 나무'는 화자가 자기 자신을 비춰보는 내면의 거울이다. 화자
는 자신의 거울을 응시함으로써 '못생긴' 자아 속에 잠자고 있는 '참
나'를 발견하고 자유의지를 일깨운다. 외부 평가에 위축되지 않는
꼬장한 자기다움만이 자신의 정체성임을 깨닫고 스스로를 격려하
는 것이다. 나를 구성하는 것은 외부로 드러나는 살과 뼈만이 아니
라 분명한 내적 목소리와 본질을 지니고 있는 '개성'이라는 것이다.
이와 같은 긍정과 자존의 자기인식은 다음 시에서 보는 것과 같은
시적 사유의 전환을 이끌어내는 동력이 된다.

내가 짊어진 무게는
세상의 슬픔을 품은 구름

[중략]

내 몸은 억센 나무
아름다운 옷을 걸어두는
가벼운 잎사귀들

―「옷걸이의 넋두리」부분

　‘옷걸이’는 세상의 무거운 짐을 진 시적 자아의 투영일 테다. 옷걸이에 걸린 옷들은 “세상의 슬픔을 품은 구름”이지만 생각을 바꾸면 “각기 다른 색과 이야기로 가득한” “꿈의 조각들”이기도 하다. 옷들이 품고 있는 내력 속에 온갖 생의 희로애락이 담겨 있을 테니 거기서 화자가 겪었을 슬픔과 꿈을 들춰내는 일은 어렵지 않은 일이다. 그러나 시인 특유의 긍정적 자의식은 슬픔에 겨워 침몰하는 대신, “짓누르는 버거움”으로부터 “가벼운 잎사귀들”로 사유의 전환을 이루어낸다. 시선을 바꾸면 관점이 바뀌고 관점이 달라지면 사고가 달라진다. “거꾸로 세워진 장독대”의 시선으로 보면 “땅이 하늘이 되어/호박꽃은 밤하늘의 별이 되”(「거꾸로 보는 세상」)는 법이다. 시인은 그와 같은 시선의 이동과 전치轉置에 기대어 무거움을 가벼움으로, 버거움을 가뿐함으로 바꾸는 자기 비약을 실현할 수 있게 되는 것이다. 스스로를 고양하여 “얇은 종이 깃털 가벼운 존재로/살아가자”는 삶의 태도의 수용은 마침내 “웃으며 고개를 넘는 일이 잦아졌”고 “미소를 막 퍼주고 넉넉해졌다”(「어차피 죽는다」)는 경험의 간증으로 이어지게 된다.

쌓은 탑이 허무하게
한순간 무너져 내리고
아무것도 아닌 게
되어 버리는 날
사랑의 빛깔도 마음에서
사라지는 그런 날

그런데 이런 날도 있더라
햇살이 안겨오고
내가 나를 위로해 주고
토닥여 안아주는 날

잃어버린 허무 속에서도 아무것도
아닌 듯 툴툴 털고 가볍게 가볍게
일어서는 이런 날

-「그런 날 이런 날」 부분

　"감옥에 갇힌 두 사람이 창살을 통해 밖을 보고 있다. 한 사람의 눈에 들어온 것은 창살 밖의 거무스레한 '진흙'이었다. 또 다른 사람의 눈에 들어온 것은 찬란히 빛나는 '별'이었다." 오스카 와일드의 말에 위 시를 대응시킬 때 시인은 창살 밖에 찬란히 빛나는 별을 보는 사람이다. "잃어버린 허무 속에서도 아무것도/아닌 듯 툴툴 털고 가볍게 가볍게/일어서는" 사람인 것이다. 생의 무거움에 상관없이 투명한 아슬의 가벼움으로 자신을 공중부양시킬 수 있는 사람인 것이다. 꽃과 긴밀하게 조응하거나 상호작용을 할 때, 자연을 바라보면서 고달픈 생의 어머니를 떠올릴 때, 삶의 회로애락을 껴안고 있는 자신을 인식할 때, 그 저변을 떠받치는 것은 긍정의 힘이다. 긍정적 정서는 자아를 확장시킴으로써 대상과 주체를 동일시하게 한다. 꽃의 순수와 어머니/엄마의 사랑에 자아를 결속하여 긍정의 에너지를 선순환하게 한다. 그런 점에서 나는 이번 시집이 긍정을 선순환하는 에너지의 발사체가 되기를 기대한다.